极地世界

埋下身子修行
昂起头颅歌唱
世界屋脊上悲吟空旷
生命最低处思索千古
一位农民工用40年光阴挖掘的宇宙心声

朔风 ◎ 著

中国华侨出版社
北京

图书在版编目（CIP）数据

极地世界 / 朔风著. -- 北京 : 中国华侨出版社，2020.9

ISBN 978-7-5113-8292-4

Ⅰ. ①极… Ⅱ. ①朔… Ⅲ. ①诗集－中国－当代 Ⅳ. ①I227

中国版本图书馆CIP数据核字(2020)第132828号

●极地世界

著　　者 /	朔　风
责任编辑 /	刘雪涛
封面设计 /	张永康
经　　销 /	新华书店
开　　本 /	710毫米×1000 毫米　1/16　印张/13.25　字数/200千字
印　　刷 /	北京军迪印刷有限责任公司
版　　次 /	2020年9月第1版　2020年9月第1次印刷
书　　号 /	ISBN 978-7-5113-8292-4
定　　价 /	58.00元

中国华侨出版社　北京市朝阳区西坝河东里77号楼底商5号　邮编：100028

法律顾问：陈鹰律师事务所

发 行 部：（010）64443051　传 真：（010）64439708

网　　址：www.oveaschin.com　E-mail：oveaschin@sina.com

如发现印装质量问题，影响阅读，请与印刷厂联系调换。

世界屋脊上的歌者
——朔风诗集《极地世界》序

张永康

人是有命运的，书也是有命运的，诗人的经历往往构成诗集的命运。

一位漂泊的农民工，利用在脚手架上片刻休息等空余时间写出的诗集，让我感受到了一个命运的游历、一阵寒风的游历，以及寒风视野里的疼痛与光芒。

读完朔风的诗集《极地世界》，我品味到了社会底层的味道。诗歌直击生活现场，用极端现实主义写法批判现实，又超越现实。

诗人用一颗洁净明亮的心，描绘出了一个广阔奇异、令人向往的圣洁世界，当我们真正进入诗歌深处，才发现这不仅是异域风光衬映下的物象世界，更是一个独特视角里的哲学世界。

1

朔风的诗是神秘的，正如朔风这个人。

诗人笔名取"朔风"，我想肯定有他深层的含义。生活在北方的人都知道，朔风，寒冷而犀利，习惯了在温室环境生长的人们，会对刺骨的寒冷产生畏惧，思想的"朔风"吹进"盛世欢乐"，吹进人们的"温柔乡"，更容易让世人警醒……

读一部诗集，首先要读懂一个诗人身体和灵魂的地脉。

朔风，原名张建平，出生于四川营山一个普通的农民家庭。童年的生活是穷困的。在他的记忆里，过去的生活是磨难，唯独家乡美丽的自然风光和淳朴的民风是美好的，成为他心目中最宝贵的财富。

朔风小时候心中最大的世界就是远处的县城，更远处是心中向往的未知世界。家门前有条河，他常常梦想可以随着河上的竹叶漂流而去，去到心中向往的地方。朔风遗憾没读过大学，至今时常梦见在大学的教室里读书，一觉醒来，流下失落的泪。好在命运并没有关闭理想的大门，渐渐长大的他，通过自学阅读，喜欢上了诗歌，开始窥探起文学世界。

朔风十八岁初中毕业时，村里兴起一股"男儿志在四方，应当闯荡江湖"的风气，他受到这些影响就到了黑龙江七台河市打工。后来，村里的年轻人像一阵风样呼啦啦地往改革开放不久的广东跑，于是他又背起行囊，来到广东。

在虎门厚街，朔风没有找到合适的工厂，那时兜里住旅馆的钱也没有了。他就把没有安装的水泥下水管一头用红砖堵住，自己蹲在管子另一端，把这里当成临时的家。在躲藏的夜里，朔风借着路灯光线读马尔克斯的长篇小说《百年孤独》，读杂志上的自由诗……

物质的贫穷可以打垮一个人，但打不垮人的精神。回想那些日子，朔风说，虽过得寒碜，但非常有诗意，至少学到了对知识的敬重与渴望。

再后来，他又赶上了西部大开发的快车，来到青藏高原。

走在西藏农村广阔的土地上，犹如走在大海里，当把那山山水水走过，他发现这里：雪山美丽圣洁，雪山顶上悬着美丽的金山，"那真是两重天，上帝已经把诗安放在这方土地上，等待我们去撷取"……

朔风每年夏天在西藏务工，冬天回到四川。朔风说，他非常喜欢西藏，四川的冬天经常雾蒙蒙的，连太阳都是粉红粉红的，影响着人的心情，但到了西藏就明亮了。西藏容易见蓝天，蓝天是我们的"心灵"，蓝天映照着圣水，那水蓝得像镜子一样透亮，可以照出人影。蓝天、圣水、冰川，象征我们的心灵。西藏日光量充沛，日光象征着人们对未来生活的向往。他说，初来西藏虽然感

到严重缺氧，让人有点不适应，但到了夏季，能看到蓝天白云、冰川圣湖、自由奔跑的牛羊，感到这真如人间天堂，这就是他所希望的终极——人类应有的归宿。

美丽的自然映照着诗人的心灵，朔风来到西藏，那是缘于他有一颗纯净的诗心，一颗追求纯洁、纯粹，追求心灵与自然融合的诗心，这颗诗心把他带到了心灵的庇护地。

在西藏，凡是下雨天休息，或是停工待料，别的工友打麻将，朔风就会去读书。在拉萨，他认识一个专门卖旧书的山东青年，一有空闲就去他那儿借书看，通常早上八点去，晚上八点钟回，有时也借回来读，边读边思考，读得很入迷，有时读到夜深人静，久久不能入睡。阅读由浅入深，由国内作品到世界名著……除了读文学书以外，他还读了大量的哲学、历史、地理等书籍。通过阅读，朔风发现，自己的视野开始由局限变得开阔，由关心小我变得更关心苍生，关心人类与自然，关心自然生态与心灵生态……由此，他自己的心胸和认识扩大了，思想境界提升了。

一个有良知的诗人不应该放弃对时代的思考。朔风从创作之初就把自己的写作置于时代思索之中。社会发展到今天，人究竟因何而存在？正确的追求应是什么？……这些蛰伏的思想火花不时地在朔风的脑海里闪现，进而呈现于诗歌，并逐渐上升到哲学层面。

由感悟而触发焦虑，焦虑和忧患折磨着诗人敏感的心灵，为了摆脱这种痛苦，朔风尝试着把这种焦虑写进诗歌，并在网络上发表，从此一发而不可收。

细读朔风的诗，我们看到诗中透露出对生存的焦虑和生命的忧思。其实，每一位有良知有觉悟的文学工作者都时时面临焦虑。焦虑在本质上是一个人对自身存在的肯定，诗人在焦虑下对存在和虚无有着比常人更深的体悟，于是也更具创造力。

2

　　朔风与藏族人的心贴得那么近,谦逊地为他们劳动服务。劳动是美丽的,朔风在最美的劳动中萌发情感与思想,并把它们写进诗歌。

　　在繁忙的工作之余写诗,思考人生,关心社会,关注自然,朔风不想像有些人,慢慢地变成疲于奔命应对生活的奴隶。他觉得人应该有自己的思想和追求,再苦再累也要昂起头颅歌唱,唱出心声。

　　满怀诗心的朔风,其经历本身就是一首诗,不过,这是苦涩、寒冷,而又努力奋发的一首诗,这首诗在执着地把对生活感悟的真谛告知世界。

　　西藏被称为世界屋脊,朔风恰如行走在世界屋脊上的歌者,埋下身子修行,昂起头颅歌唱,在屋脊上行走和写诗,又如一只行走在屋脊上的晨鸡,唤醒那些迷失的人。

　　对比浮躁的内心,西藏的天地是那么宁静。这里的天空高远,明朗的天空下,珠穆朗玛峰显得很凝重,犹如一位圣人庇护着人们心中的纯洁,神秘而令人向往,激励人们要自强不息,克服困难,追求崇高……朔风立志要用诗歌把人们的注意力往这方面引领,把人们的心灵往空旷而纯洁的世界引,让人们跳出自我封锁的狭隘,重新审视自己,找到灵魂的归宿……

3

　　诗歌应是时代的见证者和参与者。

　　现在很多人是关着门写诗,无实景体验,在书斋里"闭门造车",不停地重复自己,表面一看很有风骨,但没有肉,没有血气,我称之是在"造诗",犹如工厂机器重复生产的毫无温度的产品。而朔风不这样,他是用脚、用心、用整个身体来写诗,奉行用脚去丈量、用心去匍匐、用身体去体验感悟,写出

来的诗有血有肉，充满生活气息，泛着思想光芒，从而形成了朔风自己的艺术风格。

朔风的诗，语言简洁自然，不故作高深，易读易懂，不择读者。他的大部分诗属于现代抒情叙述诗写法，诗里面有人物，有故事，有思想，尤其是"故事性"相当突出。

初读朔风这种"故事诗"，似乎每一首诗都带着极大的个人情绪，当把诗集读完，你才会明白：朔风意在通过辛辣笔力，直击人的心灵和灵魂，让更多人警醒。

生活在社会最底层的朔风，在西藏二十多年，对这里的雪山秀水非常熟悉，捕捉到了生活的真实。他的叙事抒情诗在传统诗歌的基础上运用现代意象派诗歌技法，自成一景。社会的一切真实地在他的笔下呈现，诗里还藏着丰富的辩证哲学。

朔风的诗是积极向上的，从他的诗歌里，我们不仅能读到异域的自然景观、风土人情、人类曾经活动的痕迹，还能读出其内在思考，读出那一种深入骨髓的爱，读出一个民族的意识，读出一种崇高，读出一种光芒，从而让人遐想而神往。

朔风的诗，明显地让我们感到诗人那漫步西藏，深植于内心的火焰，这火焰点亮了一方天空。

高明的诗人有三只眼睛，一只眼睛看天，一只眼睛看地，一只眼睛窥视、捕捉生活的细微，将情感思想融于诗里。

阅读当代诗歌，我们发现，许多诗人的创作手法都趋向于思想和内心的"暗藏"，以显示作品的深度与高度。

而朔风的诗，另辟蹊径。朔风始终是从熟悉的客观世界中选取对象，将个人、社会、自然的美丽与苦难、希望与忧患联系在一起，经过想象、联想和理性加工，最终让诗歌成形，获得了较好的艺术效果。

朔风有些诗，采取了意识流写法。很多意识流语言，随着诗人的内心世界和情感冲突，像流水一样流进了诗歌里，显示出了独特的魅力。

诗不一定要把词藻写得多么华丽，而关键是要看作者有什么样的境界，往往最平淡的语言最能暗示事物的本质和呈现哲理的光芒……朔风的诗，语言平淡，但极具穿透力。

总之，朔风生活劳作在建筑工地上，爬行在脚手架上，却以"封建士大夫"的情怀洞视和体悟生活；他行走在青藏高原，关心现实、关心人类、关心自然，用一生的寻觅和思考来发现美好，引领"崇高"，继而化入诗歌，喻教于世，不愧为世界屋脊上的歌者。

2020 年 3 月

张永康，作家、诗人、编剧，系《剧本春秋》杂志主编、《西南文学》杂志副总编、《天下云山》传媒主编。

目 录

1 镜 宫
3 尘封的记忆
5 平凡世界
7 乡下人进城
9 甩掉城市
11 柴塔木的畅想
15 失业的石匠
17 青藏高原的向往
19 梦,遗落在羌塘
21 田园,幻想曲
24 借回藏地天空……
27 身披尼泊尔披肩的女人
29 珠穆朗玛峰(一)
33 珠穆朗玛峰(二)
35 竹 子
37 拉萨城里的外脚手架
39 打工妹

41　横断山脉的天空

46　忧郁的柴塔木

48　冰　川

49　西海·家

52　千里戈壁

53　雪地里的水怪

55　极地世界

58　西藏的霁月

61　天使的翅膀

64　拉萨的冬天

66　城里的麻将馆

68　小树·玩石·琴·床·阳光

70　地麻雀

72　卡定沟瀑布

74　拉萨的甜茶馆

75　白杨树

77　回收西藏的阳光

79　拉萨河

80　城外的山

83　无　题

85　巍巍昆仑

87　草原上的接吻

89　木卓巴尔雪山（一）

91　木卓巴尔雪山（二）

93　叩问心灵的门

95　不是构建的心

97　夜晚，撵不走白天

99 净　土

101 地　音

104 树·人

106 晨　曦

108 高原城

110 雪莲花

113 星　星

117 囚

119 不过期的蓝天白云

121 孤单者不孤独

123 脆弱的城市

125 哭泣的土地

127 大　山

129 重返青藏高原

130 命

132 沉重的故乡路

134 无声的世界

136 路过黄昏

138 西去路上

140 春天颂

142 漆　匠

143 致蓝天白云

145 儿童的世界

146 破碎的群山

148 雪，咏叹调

150 蚂　蚁

152 生命里的绿松石

155　多彩的黄昏

157　温柔的陷阱

160　黄金太阳

163　无人区

165　红　原

167　七夕偶感

170　牦牛骨头梳子

172　草　绳

173　无名措

175　心之惑

177　心灵的风景

179　山的诉说

181　埋葬的记忆

185　覆　盖

187　弹簧岁月

190　棉　花

192　铸　剑

194　苍老的天苍老的云

195　杂　吟

197　后记：我为什么要作诗集《极地世界》

镜　宫

我从童年少年的象牙塔上
跌到了成人的马拉松上
奔跑的脚步声
淹埋了呻吟
青春壮年小老头儿疼痛的气息
我爱石头，爱水
奔跑中
甘愿停在了西藏群山的怀抱里
东风吹来的荒野里
闻到了苦咖啡的味道

蛮荒里
我找到了婴儿的眼睛
九曲回旋的眼睛
——羊湖，圣洁的湖

透过玻璃体的镜宫
月光里，心里有亮光
深沉的夜
无法拒绝黎明到来

清晨,新新的天
云,在空中空虚滚动
滚成了一朵妖艳的罂粟花
面东
身后是夜晚,头顶是夜晚
火红的天空里鱼在飞
听不见蛙声
松手,罂粟的花瓣铺成了
蛙去天空里弹跳的路
清灵的世界

静静地等待
白云开在心里
揣满眼晶亮的白云去南方
车间里
闪电刻在玻璃窗上
乌云靠想象
白云像棉花
心是梦的花

尘封的记忆

黑夜拖着皮鞭缓缓而行
骑着蚂蚁到黎明
蜗牛爬行着岁月的痕迹
狗忠实地衔着诗歌
老牛拉着犁耙翻耕厚重的土地
一年又一年　一天又一天
马在历史的长河里奔跑
一只兔子蹲在家里
两只麻雀守候残存夕阳红
揭开尘封的记忆
玛雅文化是人类的文明
雕塑上的维纳斯是人类的美丽
《格萨尔王》是人类的艺术

没有诗歌的民族是悲哀的民族
没有诗人生活是荒凉的
没有思想灵魂找不到归宿

一砾一世界
一花一天堂

无限的在手掌

永恒瞬间收藏

幸福不是实物，不是状态，也不是感悟

是一种领悟

万物皆有裂痕

那是阳光照进来的地方

踢开谎言的凳子

谢谢

能够证明衰老的不是脸上的皱纹

而是失去热情的灵魂

成看地

失看天

山峡坝闸里的水点不燃野外的篝火

去科尔沁草原歌唱

给塔克拉玛干沙漠一个吻

揭开尘封的记忆

映照西藏的红日

牵着灵魂漫步

将记忆刻在牛角上

平凡世界

我上了岁数,但不是古董
在后工业时代
掉在了拥挤的人海里
时代用文化将我打捞起来
甩在了城市里
在城里
有很高很高造型各异、装饰华美的楼
钢筋混凝土宠儿
星星落在了楼顶
楼像聚光灯一样聚着无数双眼
人的眼睛在燃烧
我望着楼流眼泪
楼群压住了我的身高
我行走在人行道上

这世上
行走的人和奔跑的车
并列在高速公路上
慢的太慢
快的闪快

我不是天空里的鱼

天堂将生命串联

死亡先后到阎罗殿

离完美世界还有一截

慢慢来

在路上

一个男人世界不完整

一个女人世界也不完整

两个心爱的人结合

世界是圆的

有妻，有子，有家庭

水稻田里长满了杂草

小河里清清的水在流淌

寂寞时

我站在小桥上洗月光

乡下人进城

大家一股风进城
我不想进城
乡下有我的牛、犁、耙，猪、鸭、鸡
以及责任地
时代把我卷进了城
我不敢老
也不敢说老
头发眉毛腋毛也不敢长出白的来
胡子是男人的风水
撑起一片天空
撑起一片云
固守一份亲情
老头儿啊
背有些弯了哟
生活的重负让我直不起腰
做不了体体面面的人

我是草根
草根的爹
草根的爷爷

草根歌手嘶哑的嗓音

唱着从农村里来的城市人

悲哀的曲子

听着听着

我哭了

我的眼泪流到了孙子的心里

孙子也哭了

看热闹的人也哭了

唱着唱着

下雪了

我多想看看窗外的田野

甩掉城市

西南的小城里
多一个人不觉拥挤
少一个人不觉空
城市是一棵树
有人飞在上面成了凤凰
有人在上面筑了巢
有人折断了枝丫
城市里各个旮旯布满了星星
楼房太高夜晚照不到月亮
老城特别拥挤
挤得冒汗，挤得流油
有三两个完美者
鹤立鸡群
时代把我卷进了城市的漩涡
我把女人也带进了城
女人在前我在后
有人不时回头
对女人有遐想
完美只差一种
女人有种幸福感

亵渎爱情

我要固守爱情，我的珍珠

爱情里有罗曼蒂克

坟墓埋葬不了婚姻

我以农人憨厚的质朴之身来到了城市

我女人有种没有粉饰的素美

淡淡的菜花清香

还有野百合的味道

飘逸在城市里

我眼里揉不了沙子，心里吃不了醋

把希望盛装在心的容器里

把未来捆挷在脚上

甩掉这南方的小城

甩掉多雾的丘陵的乡间田野

蜀人吃蜀食

汽车不坐，火车不坐，飞机不坐

朋友

请借我一匹汗血宝马

我骑着马驮着我妻

打马低头上路

去大漠，去荒原，去草原

请借我一艘方舟

去大海

我要用生锈的镰刀撬动地球

重新驻扎起生活的营盘

开征启航

面包牛奶很快会有的

柴塔木的畅想

一

农村一亩三分地我随意翻挖
挖不出青春
城市是一座熔炉
要么被熔化，要么被煅打
铁的冰冷，钢的质地
不屈就便吞噬
我甩掉了城市

二

这里的路十八弯，十八险
现成的交通工具我不用
高速公路我不上
重走当年的山道
柴塔木刮来的风吹灭了我的火把
帮纤夫拉船，号子一声声
沿古丝绸之路，前路漫漫

三

夜的海，柴塔木
荒原里的城市是过客的驿站
青藏公路、青藏铁路是流动的两条静脉
静脉里流动着筑路工人的汗水
路两旁广袤的土地是两瓣花朵
遗弃了的花朵
西归路上尘沙飞扬

四

西海的荒原一眼望不到边
青海湖里来了南归的候鸟
多一个人才叫世界
夜晚德令哈的旷灯照亮了我脚下的路
我来了
夜的海里有人
跟着我的脚步
生命的起点，生命的延续

五

风卷残雪
吹走了我的白帐篷
半空中悬浮了一轮风筝
我攥呀攥
我立足永久的家
我要将我的汗水

打湿一片沙土

种上没有污染的绿色食品

化肥、农药、生长素都不用

我自己开发

这里缺淡水

我在南国驮来了两壶水

一壶清水,一壶甜水

现在甜水吃掉了我的清水

我的故事感动了你,也感动了愚公后裔

从东北黑土地帮我运来了泥巴撒在这荒原上

六

我乘天使的翅膀

用锄头把雅鲁藏布江挖开了

引来了一半的江水

湿润了干涸万年的柴塔木

草青了,牛羊肥了

小树也在风里摇曳

麦苗绿油油

我生锈的镰刀收割着空旷的喜悦

只等你们来坐地花开

守望的这片土地得有个名字

叫故事村

这里阳光充足

叫太阳乡

七

我老了
儿子没老
儿子老了
孙子没老
我在这大漠里重塑我自己的灵魂
也塑我儿子孙子的灵魂
他们也叫我帮他们塑塑别人的灵魂
把我叫作新时代的土地耕耘者

失业的石匠

三伏天怕冷,许多人怕冷
嗜睡
看上去红光满面
中医院里排长龙
把脉
都出现弱症
睡梦里流盗汗

已经隆冬时节了
南方的天空还不下雪
人,向往万里飘雪的塞北
时间比眼睛会看人

少了一种匠人
过去,石匠排老大
传说都是鲁班的弟子
现在,碎石机忙
商砼好卖
石匠消失
我在城里寻找自己

昔日，青春的蛮大锤

空中的弧线

光滑的子柏树

陡峭的座山

屹立如松

一声声铿锵　　一声声凄厉

撕破云层，抖落树叶

在城市的郊区、农村

甚至荒野

打开一片天地

夏天

我在喜马拉雅山上

看见，不管登山者上山还是下山

雪自个儿下自个儿的

……

逃避了城市，离不开情愫

悄悄地走了

为了爱，只能离开身影

青藏高原的向往

南海东海西海互相遥望
看不见的想念
把脖子望断
听涛声
风在吼
承载万吨远洋货船的重任
推人类进文明
到繁荣
歌舞的海洋
火辣辣的太阳
火辣辣的热情
浪漫的爱情在这方土地上绽放
大山
西藏的山一山连一山

在青藏高原的厚土上
空气想吸就吸
雪水想喝就喝
蓝天白云晴天想看就看
亲人离我很遥远

希望和未来在自己的脚下

白哗哗小溪里流出的水是大山的血液

我孤单时

凝重的大山将我搂在了怀里

唐古拉牧人我们一起在草原上放歌

我放着牧人的牦牛在羌塘草原上啃着青草

都市放牛

有一夜

听见有个声音在呼唤

声音来自远方

母亲的声音

不是梦里

梦，遗落在羌塘

城市很大
找不到一块空地
滚动铁环
滚回童年
弹弓
射不开深沉的浓雾
鸟儿躲藏在谜里
循着声音
我踏着时代的羽翅
来到了当雄草原
绿毯样的草让人年轻
白云的心情
蓝天的向往
声音穿破云层
仿佛来自云端
脆甜　炸耳

我俩邂逅在当雄草原
棚里漾起了情感的涟漪
没有力量的阴翳

青草里放飞罗蔓蒂克
一个是高贵的公主
一个是勇敢的骑士王子
呵,草原的儿女
羌塘的娇子

一只松鸡在草原的天空飞
弹弓击重
你的手是火
我的手是冰
牧羊的藏族姑娘卓玛
打马低头去了草原深处
我孤零零地被遗落在草原上……

田园，幻想曲

农村走了
落下了广阔的空壳皮囊
我握犁耙老茧的手
耕耘不了皴裂的土地
巴茅花的春天
稻田里的薄冰
圆野草梦
弥漫的雾霾
图腾的老鼠
牧放的野兔
……
熄灭了我童年的梦
把梦嫁接另一个世界
拥挤的天地
失落里的迷惘

我时常感叹：
水稻田里鱼的人生
没忘初心
牢记稻草

不下缺口搏击浪花

顺银溪游去昔日的莱茵河

没有向往大海的眼睛

迷恋一方天地

安于清贫里的单纯

我又时常感叹：

年轻的笋子

在贫瘠的土地上长

青壮年仰望天空

志存高远

岁月风霜

低调地勾下头颅

找归宿

这就是禅意的人生

——默默地反省

认识自己走过的路

农村，广阔的田园

安放得下信仰

石磴，碾不碎梦

城里，两桶汗水浸泡五颗座牙

一分钟换一个月

等于一个月

利用两支麻药

去大西藏喊山

把五座大山脉

变成来世五颗座牙

咬烂不锈钢镊子

冰川里的冰冻不死太阳

东边日出西边雨……

借回藏地天空……

一

蓝天，深蓝色的天
白云，像晶体一样白的云
火辣辣的骄阳
火辣辣的爱情
一杯浓浓的酥油茶
喝到口里香香的
心里暖暖的

秋天的拉萨
日光城
金色的落叶
金子般的世界

二

藏地的朋友们哦
请把你们这好心情
这热情
这天空
借给我

十一月下旬
工地停工了
我坐火车到巴蜀大地去
带回营山城
先把我心里的光辉珍藏

三

冬天里
老天很难放晴
雨兮雨兮
哭兮哭兮
干冷干冷
没有一张笑脸
没有一场好心情
好似客人来了不高兴

四

这个雾蒙蒙的世界
巴山儿女还能看多远
还能看多高
冬天来临的时候
我把借来的天空
抛向天宇
让阳光照耀这片大地
驱开雾霾
多份热情的心情

好客

笑迎八方来客

搞活经济

享受金色世界

男女老少喜洋洋

儿童背上书包进学堂

五

冬天里

阴沉的天空

好像阴沉着一张老脸

让人们心里明亮一些

阳光一些

我多想

请农民工兄弟帮我摘下头顶上的日头

我多想

请夸父帮我追赶到日头

借来天空

现实还得靠我自己

靠我手中的笔

靠电脑的键盘

化为神奇

身披尼泊尔披肩的女人

二十八个春秋
干渴的沙漠
手艺人啊
匆匆上班　匆匆下班
深秋十一月
饥渴的黄昏
残酷的现实剥脱了生命的新绿
短期穿上了黄帝的新装
金色的美　金子样的世界
停留在阳光的惬意里
冷酷的飙风
给世界一个灰
一片黯然神伤
光秃的枝丫
肃杀萧条
秋意已去
载着一车车农民工东去
独留下
漫长冬季寒意里无尽的等待

大哥,清脆的轻喊

妹子花光了找亲哥的盘缠

甜甜的声音　甜甜的酒窝

尼泊尔绛红色披肩

轻轻地把弄舒展

脖子上系着白色蝴蝶结

天使的化身

梨花一样白

花蕊白了天地

小伙子几多清晨破碎的梦

无数个子夜十分的渴望

在少梦的季节里

完美在一瞬间

在没有月光的黄昏

彩霞铺满了西边的天际

共浴在夕阳里

遂了相思人的心愿

未开垦的荒地

长满了芦苇　长满了青草

小溪里清清的泉水在流淌

丢一粒种子

孕育一个新的生命

一口深情的甜吻

在高原的天空下

迸发出爱的火花

手挽手

珠穆朗玛峰（一）

山道弯弯

我们的脚步在远方　在天涯

远方有歌　有诗

小时候

生活不好

五岁妈妈牵着走

松手

人生第一次跌倒

先学爬

自己坚强勇敢直立起来

一步一步不叫世界

叫脚印

别人追着跑

后来

稍大一点点

母亲把我丢在了艾丁湖

洗完澡自己找回家的路

马跑了

狗，人类的忠实者也跑了

兔子钻洞了

山麻雀飞了

微风吹着胡杨

枯瘦枝丫频频向我点头

留下　留下

为了生存

走东西

走南北

走五湖

走四海

春天，走开满鲜花的乡间路

夏天，卷起裤管走泥泞路

秋天，走落叶之路

冬天，走冰雪之路

走大路　走小路

走平路　走山路

生活里有种路

这头看不见那头、那头看不见这头、中间看不见两头

不敢走

也曾幻想走撒满鲜花的红地毯路

踽踽独行

亲朋好友比我先上路

兄弟姐妹走的不是同一条路

从大漠西域

走到哥伦比亚

从哥伦比亚走到埃塞俄比亚

从埃塞俄比亚走到中国的唐古拉

翻过这座山

到家了

羌塘牧人告诉我

前面有条更高更难走的路——

珠峰

登上去了才是我家

儿时记忆依稀

记忆渺茫

三十岁

而立之年

爬缓坡

爬陡坡

"世上本来没有路,走的人多了,也便成了路"

我走出一条路

别人沿着我的路,踩着我的脚印

暴雨冲毁了路

四十岁

不惑之年

我的脚步完全可以支撑上山的野心

爬呀

攀呀

六千米

七千米

八千米

暴风雪覆盖了路

五十岁

知天命之年

选择风和日丽艳阳高照的晴天

跟别人走
别人也跟我走
在雪山上开辟一条路
祖先没有走过的路
往后
子孙们沿走这条路
前人栽树
后人乘凉
唉呀
无拘无束
站得高
看得远
唱两句歌
世界在变
日新月异

珠穆朗玛峰（二）

艾丁湖是吐鲁番的眼睛

是世人的眼睛

是我的眼睛

从这里可以去北京

去世界任何地方

夜晚不黑

月光照着我的脚

白天也照着

我从这里出发

从世界的最低处——

艾丁湖

走到世界的最高处——

珠峰

终年积雪

美丽　洁白

是我的心灵

是我的青春

也是世人的心灵世人的青春

人往高处走

水往低处流

真正的距离是没有距离

天地一体

人只是这一体里的一砾

在同一个星空里闪烁

那时,人们会说

世界大同

竹　子

西藏有一丛山，
昂首直视天穹，
牧人告诉我叫
笋山
笋，竹子的儿子

　　　　　　　　　　　　　——题记

远瞧一丛丛黑
近看一蓬蓬青
常年绿
一方风景
没有华丽的外表
没有艳羡的光环
青和绿
标志有旺盛的生命力
扎成团
抱得紧
集体观念很强
有一股家族般的强大力量
笋破土时

又勇敢又顽强

在贫瘠的瘦土上

疯直地生长

一节一节

高贵品格

从远古来

移栽到房屋外

在农耕文明时代

可作餐具农具

也能拧成一股绳

在繁荣的工业时代

最实用的价值

做牙签

小孩不能玩

容易伤到人

伤了嘴唇没法歌唱

拉萨城里的外脚手架

生活平淡想刺激
生活踏实想激越
高高外脚手架上的抹灰工人
头顶烈日
脚踩悬空
一步一个稳
一步一个仔细
生命不在脚下

嘴上叨着自己
哼着心情
抹着生活
抹着未来
抹着文明

架子上的人
看街面上的人
高大不了
看不真着
街面上的人无法平视架子上的人

只能仰望

垂直距离太长

双方眼里

彼此不高大

太空高大

大地博深

都渺小

互相低调点

架子上的人

想问题简单

他们的砖刀抹子和人

连同大型机械塔吊泵车

建筑了现代文明社会的标志

一座座高楼大厦拔地而起

一年一度

春运期间

农民工返乡

回城

潮起潮落

打工妹

乡下的山村里
麻雀不安分那片屋后的竹林坝
向往森林
鱼儿不留恋那块块稻田
向往大海
那一朵朵白云
遮住了校园里
营造的梦

火车剪断了三千里视线
承载着圆梦人的厚望
在这块新开垦
经过装饰的土地上
耕读着海涅的诗

丰产的乡场上
老妈接过邮递员凝重的微笑
在盘算着如何添置嫁妆
老爸
不要来探望

太忙

市场上没有叶子烟

哦

年轻的小妹妹

最小的年龄不满十六岁

进车间

上流水线

机械地循环

对你们

人们无法悲伤

写给第一代打工人

横断山脉的天空

我的故事
是一部长篇小说
可惜我不会电脑
被农民工
零打碎卖了

——题记

上

一

我行走在类别的边缘
理想主义者
自觉意识的脚步
来到了横断山脉的后山
夏天的雨水浸泡了我一整天
村庄消失在雨里
山民躲藏在雨里
半山腰的悬崖上
有个山洞

岩鹰蜷缩在里面
鹰隼的双眼
没有了云中志
砰　砰
两声枪响
人类创造的成果
占领了飞禽的天地

二

雨，沥沥淅淅地下
微信里的信息
成都北京横断山里
同一时刻下
下了四十天

三

黑暗，恐惧的山洞
萤火虫照亮了世界
点亮了我的眼睛
在洞子里
我反复地看两部书
法国人弗朗索瓦·莫里亚克的
《给麻风病人的吻》
美国人福克纳的
《翻耕土地者的愚蠢》
接受了新的思想

明白了后现代派作品
对传统艺术的颠覆
反复地打磨一首诗
这诗叫"虚构"
填补了思想沙漠的空白
灵魂的安置

四

雨,还在下
我不可能凭我的一腔热血
在这里建造一处宫殿
以此来展示我暂住地的豪华
天上仿佛不是下的雨
释放着我的情感
上苍给我打造了一间陋室
山洞
收留了我散落尘世的灵魂
我没有在崖壁上留下铭文
灵魂的栖息地
太窄了

五

我是从石头缝里蹦出来的
把自己袒露在雨水里
雨,洗净了人们的心灵
雨,洗亮了人们的眼睛

雨，干净了世界

下

一

好雨知时节
润物细无声
恰逢时季送来了阳光
雨后阳光格外耀眼
格外热情
我进村了
浓浓酥油茶
心里暖暖的

二

曲吉村
三十八年来
没有死过人
没有人生过病
感冒也没有
兴旺的村庄
蓬蓬的活力

三

多亏了漫山遍野的绿意
把我从缥缈的虚幻里拽下来
山上的野花已经凋落
我只能用手纸擦干净
我编织在雨水里的梦
梦破了
脸上没有泪痕
横断山脉天空下的大地
普照在阳光下

四

我在村庄里磨磨蹭蹭
牧人在放牛羊
农人在种地
学生在念书
雨后的世界新新的

忧郁的柴塔木

巴音河流不完干涸的柴塔木
德令哈想海子
人走在柴塔木的盐地上
干渴的戈壁
焦渴的嘴唇
同一片天
风卷黄沙尘
移动沙丘
像魔鬼在舞蹈
我一生遇一次
开着大灯,打起闪灯
照自己照别人
风刮起沙砾
将挡风玻璃打得亮亮的
"城市越野"在这里洗一次澡
我的心被洗得亮亮的

长江里的水流不进巴音河
我卑微　我平凡
我能驮水进戈壁

哪怕一滴
到了柴塔木是甘泉
我又骄傲我的存在

冰　川

我到过冰川
我这世做不到冰那么透明
那么美丽
不要让冰鄙夷我
我的言行
我比冰多热血
多七情

我看见
牦牛站在冰川肩膀上牧放
啃露水草
牧人在跳锅庄
木卓巴尔雪上耸立
冰美人冷美人在阴处
等待阳光
当我亲吻冰时
心里凉透了

西海·家

我有颗心
装得满满的
装着西海　家　妻子和孩子
妻子和孩子也装在脑海里
记忆的脑海里

我是个建筑工人
我把思想里装的水泥　沙子　砖腾出来
把砖抱在手上
沙子捧在手心里
水泥驮在背上
思想里全部装着
东方过去到现在的一切事物
也装得满满的
将来根本装不下了
我出远门打工
不愿跑东方和南方
跑不远就是大海
脚下就没有路了
我又不愿意上别人驾的船

大海很大

大海很宽

我的心把它装得下

我跑西藏

青藏高原很广袤

到了拉萨后

前面还有路

很远很远的路

天上有颗星

在西边

特别亮

叫牛郎星

天上还有颗星

在东边

特别明

叫织女星

每年七七相会的日子

就是我在拉萨十一月十五日停工的日子

这一天

我没有买到火车票

走不了

我的心儿早已飞到了

川东北

那个叫金竹村的小山村里

那里有我爹妈的坟墓

有老婆　孩子
我的家
犁　耙　老水牛

我是农民
从骨子里讲
我的命运
是跟土地捆挷在一起的

按老话说
女人生来是要生孩子
土地是要种庄稼

千里戈壁

我从农村走来

路过喧嚣的城市

双手一直指着城市

去年楚河岸

走进了荒芜的戈壁

走过风　　走到太阳里

遇过沙尘暴

这么多年

疲倦了眼睛

疲倦了心

裤兜装不了巴音河里的水

宁静的夜海

同时间熬

不孤单

雪地里的水怪

我在雪地里等你
你没有来
我藏在雪里
等你一起在双湖看日出
迎风雪
在太阳里
幻化成美丽的天使
我看不清你的眼睛
你的心灵被厚厚的寒衣裹着

在雪地里
你的小指是勾着的
就一点点瑕疵
你倒在了雪里
变成了水怪
等待雪的融化
你走吧！总有一个人面临的时候

我不是偶然来的
你是偶然来的

我想用雪捏成一支笛子
吹响旷野
我原先以为
我俩会一直站在雪山之巅
迎日出
有永远唱不完的歌

你走了
留下我一个人
面临严冬漫长的风雪
我是谁
我也不知道我是谁
我本想去田间、地里
找到些回答

这个世界
假如少了青藏高原
世界不真实
现在，我在美丽的雪山之上
留一曲埙音
把自己囿在雪里
变成了一条可爱的雪猪儿

极地世界

青藏铁路
有很长一段修在冻土上
我对平凡人的经验最感兴趣
圣湖、冰川
为什么那么透明
我对自然界的常识新奇
基于这一点
我去了青藏高原

申扎,洁白、透明、无瑕的精盐
企鹅白鹤的世界
往西
中国的冈底斯山脉
犹如南美洲的安第斯山脉
唱一曲秘鲁民歌《山鹰》
古朴、雄浑
绵羊从石头缝里出来
远古的种子

仲巴,我喜欢三月的风

六七月的雨
不落的太阳

去年楚河
听次仁拉索电影
《红河谷》里悲壮的歌
——宗山悲壮的一幕
不要让那些随风而逝的往事
飘落……

转眼,秋天来了
在收获的季节里
飘落的黄叶
我不想回去
过老家的雾冬

小时候
每当暴雨时
四条沟里的水
流向竹子河
田缺口挂瀑布
我搏击浪花
冬季
月光照溪流
我是鱼

不要把隧道打通

三环路修进无人区

留块极地

留住梦

西藏的霁月

十八年

在西藏的大山里

我没有见到过黑夜

无狂风　无暴雨　无雷电

只剩下了月亮

月亮照在我身上

月光如洗

美玉无瑕

涓涓清泉

潺潺溪水

天湖里波光粼粼

蓝色湖面

绽开的阆苑仙葩

有情人在月光里缠绵悱恻

林黛玉是月光做的　是清水做的

易安居士的魂落在了月光里

淡淡的美

淡淡的忧伤

人们心灵像月光一样明净

月光里有凄美动人的故事

乘上快速电梯

去天庭

寻找心上人的足迹

聆听心爱人的呢喃

化为仙子

化为蝶

结人世间一段尘缘

月光里有梦

梦里有玉

月是故乡明

月是故乡圆

故乡明月在

在水一何方

月有阴晴圆缺

人有悲欢离合

这世上

八月中秋有月圆人不圆

愿有情人喜结连理

中秋

是团圆

是爱情

驾一叶小舟

把心儿划向月亮

今天晚上

皓月当空

嫦娥姐姐在月宫里喝桂花酒

跟前蹲着玉兔

猪八戒在地面望月

想嫦娥

"月亮之上

自由飞翔"

我年轻的心儿飞向了未来

天使的翅膀

一个天使的翅膀

舞动着的色彩

驱不开魔鬼的阴霾

许多天使的脚步

迎来了立春后第一缕朝阳

在桃花　杏花　李花……

没开的时节

冬天的蜡梅花向天使微笑

向生命微笑

我是一个卑微平凡的人

活的是命

这些天宅在屋子里

哪里也不敢去

这是为人类做出的第一次贡献

平时为了自己

第一次思索终极问题

接连几天

这么多天

天使倦了　累了

多想睡个囫囵觉

屈了，一日两餐

快餐

天使的倩影

有没有人自责？

有人在心疼！

康德说

一个人的缺点来自他所处的时代

但美德和伟大

却只属于他自己

即便死

也要善良

请把爱

美德

传递下去

亚姆村牧师留在墓碑上的话

天使怕

怕人类的脚步

走失了种子

昔子，亚姆村的故事

只剩三十三个人

替英伦半岛留住了后花园

普通的人伟大

一场黑死病

结束了欧洲中世纪

迎来了资本主义文明的黎明

一只饕餮的蝙蝠

让人恐慌

让世界震动

殇

天使的眼睛像孙悟空的火眼

天使的心灵像纳木错

天使的羽毛像天鹅

魔鬼的爪子——冠状肺炎

天使最美是微笑

天使的理想国

在藏北

那里最干净

天空最明亮

拉萨的冬天

拉萨的冬天很闲

这座城市很空

我闲了时

就不喜欢说话

低头沉默

那不是故作深沉

这时

世界的声音

世界的颜色

世界的影像

世界的形状

各式各样人的形态

映入脑际

我将它过滤

滤后的渣

淘汰成垃圾

下面的物质

沉淀成精华

作营养

我用我手中的笔
将它输进世人的血液

城里的麻将馆

无聊时

自个儿找份乐

一种好奇

一种刺激

码长城

就那么几声响

撞击人生

童年时

少年时

亲身堆砌的理想

被一只小小的右手一推

倒了的是梦

坍塌的是灵魂

还空谈何种坚持

和追求

一张小小的方桌

坐上了有思想

无思想

人类汗水的结晶

被众人推倒

留下了一堆堆废墟

路漫漫

遥遥其途

人们用双脚来丈量

西起嘉峪关

东至山海关

这个过程

叫伟大

又叫渺小

小树·玩石·琴·床·阳光

我不是一棵树

也不是一砣石

家门前那棵小柏树是我栽

春天里我出远门

冬天里我回来

小柏树长高了

这一年不问发生了什么

玩石啊

雅鲁藏布江的水

冲了千百年

没有成沙子

还是叫石头

供我把玩

我爷爷　我爸爸　我加起来都没有你年纪大

一年一年

你们笑我老了

我床头放着一把西藏带回来的琴

不管它是五根弦还是七根弦

琴自个儿发不出声音

我的手也发不出声音

把手放在琴上把弄

能奏出新生活的乐章

床啊

白天把我弹起

让我行走世界

夜晚把我撂倒

让我歇下来

了不起

我太累了

我要谢谢天空

谢谢天空里的阳光

牵引着我的脚步

行走在广袤的世界里

更了不起

世人都喜欢说了不起

在了不起里生活

我没有什么了不起

春天

大地醒了

去年冬天蜀地雾太浓

我身上的潮气太重

在拉萨

晒一晒

我们不去西藏吧

我们在等待

等待戈多

地麻雀

山中易找千年树

世上难逢百岁人

天和地

重合那一刻

就是生命的终结

那一刻

上帝给了我生命一百年加一刻

最后一刻

爱情是圆的

那一刻以后

墓碑上留下一个字

殁

一个词

享阳光

生命个体的脉搏跳动

不吻合

撒开了同年同月生

同年同月死

给爱情留下点点遗憾

在人世间最后那一刻

砍掉竹林
把地麻雀放飞森林
多亏了这精灵
不离不弃守候夕阳红

辆辆卡车停在晒场上
农人在打包
食物的诱惑
地麻雀钻进包里
人为财死
鸟为食亡
幽室里多年
忘记了外面世界
忘记了外面的太阳
放着天空不飞
白长了翅膀
学人样直立行走
开门
被猫当地老鼠吃了

卡定沟瀑布

提银壶

给爷爷　奶奶

满满斟杯酒

溢出的是心

道一声寿比南山

高山水长流

飞流着的是

生命起点到终点

那段人生

流走了今世的岁月

浪花里轮回着

来世的重生

我欲静　风奈何？

物奈何

太白写景大家吟

剑出鞘

农民工

上有老　下有小
这个去处去不得
砖刀抹子不生锈

拉萨的甜茶馆

扔掉累

抛开攀比

丢掉物欲

白帆布顶篷扬帆

凤凰涅槃

奔跑的铁

视而不见

匆匆过客

人生苦短

坐一份悠闲

品份恬淡

啊

拉萨城里的甜茶馆

我常坐

在这些墙面上

我看见了迈克尔·乔丹

涂满了古怪图案

白杨树

对于白杨树
我没有穿透的语词
也写不出赞美的诗句
白杨树
青藏高原最常见
极易生长的一种树
一道风景
一道防护墙

在贫瘠的瘦土上生长
须须发达
丁点薄泥
努力串
黄白色须
可以用来掸拭尘埃

白杨树
高过三层楼四层楼
高过我
我高于幼树

当年的深秋

来年的初春

凄厉的风

不管是从西面刮来

还是北面刮来

一方倒

在晴天

在太阳里

枝丫在树干失落

独立生长

互相攀比

假如有来世来生

我愿做牛

铧犁田地

修理地球村

我愿做马

供人骑奔

我属龙

跑出龙马精神

不愿做白杨树干

回收西藏的阳光

我在太阳里悲伤
没有微笑
心里有压力
阳光一束束
往这幢大楼里钻
从窗户推开的扇子里
从半开的地弹门里
哪怕门窗关着
阳光也使劲往里射
天空渐渐暗了
大厅里
三两个妙龄天使
阳光地笑
我也跟着笑
我心里塞满了雪
去交费
去检察
去透析
去化疗
天使不离不弃

亲人如爹

上帝微笑

陌生人为我羡慕

银子口袋没了

我心里塞满了灰

夜里

心里流血

哭泣的声音里

有大滴大滴的眼泪

第二天

毒辣辣的太阳

不堪重负的身体

栽到了坟墓里

也许

一个人

在真正无可奈何的时候

除了微笑

也只有微笑了

无风无雨无雪无霜

大太阳里

我在拉萨城市的上空

看到了彩虹

拉萨河

拉萨河挺起坚硬的肌块
亘古地流
由东向西
河床里孩子在奔跑
马在饮水
白盐样的沙滩
可以洗日光浴

河围城市一半
山围城市一半
空气
河这边吸一口是香的
河那边吸一口是香的
河水
河这边喝一口是甜的
河那边喝一口是甜的

城外的山

闲时
我倚在低矮的门框上
山的惆怅
消逝不了我疲惫的迷惘
最后的守望者
耐住了浮躁的喧哗
夏天
成黛黑　　成黑褐　　成灰蒙
嫩绿的地衣
未开垦的处子荒地
秋天
可怜的枯黄
哭泣的声音
继之剥蚀的荒凉
冬天
银装素裹
白花老者骨子里的厚重
山的磁性
我去了
气喘吁吁地去了

山的胸腔里

听山脉搏的跳动

山的心音

没有急促

大山

爱抚地把我呵护

在山的怀里

感受了长者的慈祥

与厚重

厚重里的大爱

山爸爸万岁

修道成仙是传说

我要食人间烟火

在夏天的狂风暴雨里

恋恋下山

滚石让路

洪水不打湿脚

人

是世界的主宰

下雪天里

一个人没有一个人站立的位置

拥挤的人海

要么把人抬起

要么佝偻

别人的伞始终撑开

冰凉的雪水

从伞骨流进脖子里
这一年过了
寒冷也完了

春天
大西藏我来了
没有约定
火车通了
各家各户门头上
红旗飘扬

每年冬天
我都回四川营山
我在村子里的杂草里
找到了
进村
出村
的泥土路

无 题

今天的空闲里
我没有足够的勇气走向明天
给明天带不去明亮
即使明天繁华
意识也无法支配脚步
不自觉走去了昨天
走进了故纸堆里
翻开发黄的
一页页的过去
曾经
文学的平淡，停滞
曙光里的伤痕文学
脱离不了总体话语
一百朵花在开放
处处见争鸣
来了私语
有了感觉
也有勇气反抗制约
反抗现实
杜撰　虚构

追问时代

对话时代

艺术天空

没有定格

冲破云层

去想去的星空

明天悄然来了

我们还在沉沉的黑夜里

沉沉地睡着

比我们弱智的鸡

睁着眼睛看黑夜

报鸣

为了提醒我们

南方的打工妹

在明天里下今天的班

我们无法把她们带去后天

我在青藏高原上

听到了她们回宿舍的脚步声

还有难得的笑声

还是回到了现实

巍巍昆仑

上古伏羲演八卦

华夏文明五千年

巍巍昆仑

见证

中古文王演《周易》

子牙玉虚四十载

助姬发伐帝辛

灭妖魔

始皇想后世以计数

二世三世至于万世

楚虽三户　亡秦必楚

传二世灭暴秦

霍将军大漠屹立似昆仑

指鞭

匈奴未灭，何以家为

大漠铁蹄踏昆仑

重八揽昆仑于怀

淮石布衣，天下于我何加焉

都过往

润之豪放

昆仑

华夏之身躯也

北望塔克拉玛干

东望柴塔木

草原上的接吻

梦，建构在青藏高原
梦，遗落在都市
牧人和他的妻子
生活在城市
荒原　大漠成了遥远的记忆
希望的满月照不亮夜海
时代的鸿沟无法接吻
潜藏在圆里的孤立　孤独
等待岁月
雪掩盖着青春
细心的描红和粉脂
填补修复岁月
——雪域，岁月和往事
飞鸟掠过蓝天
成双
白云付了流水
打单
太阳下西山时
情歌听着都苍白
人与人之间没有谁离不开谁

只有谁不珍惜谁

一个转身

两个世界!……

一个回身

瞬间接吻

圆了天地

再过九月

世界诞生了希望

天地来了生气　灵动

不再孤单

他们把羊赶

牦牛放

牧草青青

天高云淡

夏季,人间六月天

木卓巴尔雪山（一）

我对雪山的情感
若不是唯一
请不要同我保持距离
我来到世间没有历经过战争
只有岁月的洗礼
皱纹刻下了岁月的忧愁
终年积雪的山帮我熨平
我用良心和能力
画一条线
一条笔直的通往雪山的路
往后的生命之路
像省略号
停停走走
前进路上的迷茫
回头对他人的张望
双手刨不出雪的厚度
双脚踩不出雪的深度
高原天气
伏天飙风起
沙尘漫天

双眸看不清

雪山的高度　广度

大美的世界

银色世界

没有被遮住

美

天明了

西藏的红日现了

我躺在雪坡上

随意摆动

雪山

冬天是这样

夏天还是这样

美的世界

白的世界

干净的世界

雪山　银山

像，又不一样

不观天气变化的人

是不想知道苦难的人

雪山

拯救了濒临灭绝的人类

个个生命被净化

个个苍生被美化

木卓巴尔雪山（二）

雪山
夏天白雪皑皑
像堆砌的银子
冬天寒冷
铁面无私

雪山没有面纱
只有映照
有神秘色彩

凡是能被阳光照到的地方
就看你的想象力有多丰富

世界是确定的
雪山也不能把握万物的确定性
只能映照
透析

雪山
在我眼中闪烁光芒

这光芒象征民主　自由　进步　文明
我寻到这里
是我青睐它的原因

雪山包裹不了黑夜
最起码它跟前的黑夜

仅凭这点
在苦闷的黑夜里
它就可以引领我们到黎明
到天亮

往后
我以童年的信念
去生活
生活吻我以痛
我却报之以歌

叩问心灵的门

我在青藏高原的热土上行走

在地皮表面

在当雄草原

夏天长着绿毯样的草

恍惚间

我看见一棵树

仅有的一棵树

狂风在使劲吹

摇晃间

它在颤抖里聆听

大地的脉搏在跳动

风过后

大地仿佛留下了哭泣的余音

树依然站立

我摇摇晃晃

给世界羞涩与狈相

所以

闲了我要读书

静心写作

安心写人

写出

人与自然

人与世界

因为

这个世界上

我最想留住的是时间

时间无情让我老

生命最宝贵

时间是条河

人是凡尘里的微粒

俯视

人像点

找准视角

怎么看人都不高大

我想

漫漫把人看高大起来

世界是矮化的

宇宙是博大的

英雄是斗士

伟人是民族精英

到时

存在着

不是构建的心

这方厚土上
我不是过客
我将轻飘飘的灵魂
变得厚重些
考究些
我寻找我的归宿
我丢失的精神家园
归期茫然
人生的意义
不在于
吃好　穿好　住好　玩好
也不止历经了
海浪　大潮
在青藏高原
更有
极地考验
挑战极限
缓缓的草坡上
牛羊成群
悠闲　慵懒

我形单吊影
牧羊姑娘清脆地唱着牧歌
在这里
我找到了现实的对接
不是在虚拟的主观世界里

"唇齿赋予声音飞翔的翅膀,
而声音却无法携唇齿同行,
它只能独自翱翔天际。"
青藏高原打磨着我的棱角

夜晚，撵不走白天

一

一个神
一把斧
砍开了天地
那以后
夜晚没有撵走过白天
天是父
地是母
夜晚是床
白天是行走的世界

二

我在乡下行走
一行大雁飞过蓝天
留声
牛羊成群牧过当雄草原
留蹄印
我在城市的柏油马路上

留不了脚印
城市很喧哗
我的声音很微弱

净　土

小时候
家门前那条河
永远清澈明亮地流
妈妈说
顺着河可以去广东
翻过那座大山就有去广东的路

我坐在大门旁的石墩上
看星星　看月亮
把儿歌唱
无尽地遐想

后来
长大了
顺着河到了县城

为了寻理想的净土
干净我的灵魂
"鸟儿愿为一朵云，
云儿愿为一只鸟"

我到了青藏高原

看破红尘
名哪利哪
过眼烟云
赢了风雨
输了自己
流逝了岁月
一切的一切
只有找回来的思想
才是原先的

地 音

一

大自然一向是从容不迫
唯有人类时刻想奔跑
老祖宗总结了四个字"循序渐进"
这里那里
不同的两个地方
这里到那里
两个地方一条直线相连
是数学
也许
其间隔着几座山
几条河
还有许多弯弯的田埂路
这里去那里
一口气奔跑不到
也许艳阳高照
也许要历经风雨
仅是目的地
如果是目标

如果是理想
也许还要饱受苦难
于是
人们在希望里
凭人类的智慧
找到了这里到那里的便健
——隧道

二

人类进步了
科学发达了
弯路　陡路　难路少了
生活的道路是平坦的
卸掉了肉身上的
　背　挑　抬　驮
也卸掉了奴役

三

白天
隧道工人脸上洋溢着笑
坚硬的花岗岩石变成了齑粉
钻机声淹没了世界

四

夜晚
洞里
当浮躁的机器声停了
地壳之下
仿佛有个声音的储藏室
夜深人静
各种声音清晰
……

五

诗歌是苦难的艺术
我只有把这些声音交给诗歌

树·人

我是个世俗的孤独人
在梦里寻找着我的梦
得荣
乡城到香格里拉
那一路
柏树不低头
松树开花
我怀疑《西游记》在这些地方选了外景

我沿着青藏高原的地脉
要去珠峰
我不完全仰慕那山顶上的雪
在山上
我要刨一粒远古的松柏种子
撒向东方
长出绿色的希望

若干年后
我想在一株千年古树上
找回过去

找到快乐
树老了就成精了
人老了也成精了
同是天底下的物种
人，可以精，但不能阴

晨　曦

太阳
温暖
清晨
高原初升红日
晶亮
一缕曙光
西边天际
绽开朵朵银耳

乌云压顶
风是云的情绪
雨是云的泪
风在吼
雅鲁藏布江在咆哮

时间是伟大的著作者
它会把世界写完整
包括乌云
包括牦牛

晨曦掠过天空的瞬间

心与希望同行

白云幻化成雨的历程

生命刹那间永恒

一样东西

空中叫雨

地上叫水

空中叫飞

地上叫走

在心的这块牧场

播种烦恼

日子昏暗

不见蓝天

播种快乐

天天有阳光

雄鹰飞翔

是理想

蓝天白云

净了世间的尘埃

天湖里的水放飞了梦

高原城

城市
依水而筑的商埠
是旧梦
是风
命运松开了城市的阀门
洪水漫过城市
卷起浪花
楼
垒起了城市的堤坝
坚硬的脊背
晶莹的露珠
像星星
追星星
环城隧道
城市的闸门
一线天
连接城市乡村的纽带

现代城市
严格地说

是港湾

是家

也应该是栈房

雪莲花

一

一路西行
脚，踩稳世界
藏北无人区
寒风里有雪花飘飘的声音
雪地里留下过足迹
飞雪覆盖
曾经走过
像鸟儿在空中飞翔
没留下飞行的翅膀
速度赶不上动车
依然前行
去深山深处
采撷一朵雪莲花

二

雪莲花
苦寒的花

长在雪里

开在雪里

有一代人的过去

在身上

根须抓着我的心

殷红的鲜花

作营养

别在胸前

进城

世人效仿

唯美

王尔德的追随者

风尚

一种新思潮

三

雪莲花

裹得紧,像棉球

不张扬

温暖

跳到保险柜上

闪烁着美

带着没有改造过的原初

那上面

驻足着我们的未来

挣脱里

心里有些隐忍的痛

四

大自然

十万个为什么

第一问

星星

星星眨眼

无人探究

无人破译

幻化成雪莲

长在冰山上

被来客采得

雪莲花走了

雪后的山谷，变成了一个奇特的玻璃世界

星　星

两个白天夹一个黑夜

一个人
一个梦
一群人
一样的追求，一样的高度
同一座山
不像雪山，又像雪山
飘浮的云，少女的心
夜晚的星，少男的眼睛
天空
儿童的眸子

山这边
像晚上
山那边
残阳似血
我来了
月光早早地迎接黄昏
为了理想

自我流放

白天

这里离天最近

夜晚

这里的星空最亮

我抓着冰凌

爬

攀

月光落在右手上

可上九天揽月

可下五洋捉鳖

珠峰之巅

摘星星

平凡人呀干的不是平凡事

多自豪

星星驮在背上

背进城

城市透明

像玉

有的人即使雪不下

依然白

有的人

雪落到身上

看不见白

星星是外星人的化身

慧眼

世界没有模糊

比如

黑眼睛看沙发

星星点灯

照亮我的心

星星

从另一个星空

来到了我们的世界

不走了

背它

路过了阳光

路过了水晶

有的人

不喜欢下雪天的寒冷

钟情于黑夜里的温暖

有的人

看似端庄

内心虚

星星

没有超越
问世界以平衡

两个白天夹一个黑夜

囚

白天我去工地干活
夜晚回到这座小院
睡在这张床上
太阳多些,阴天少些
晴天多些,雨天少些

小院一楼有八户租客
房东住二楼

十九年我没见女人下过楼
每年三月一日交房租费能听见女人声音
每个周末有一位靓仔上楼
提着一篮鲜花
半小时下楼
鲜花萎了,小伙子萎了

丢失了世界,阳光还在
赢得世界,从微笑开始
没有伞的孩子必须奔跑
生命中总有不期而遇的温暖

要记得大雨滂沱没带伞的日子
失望到一定程度，就会开出一朵花来
做护花使者

人生难免烦恼，忧愁，孤单，寂寞
挺一挺笑一笑就过了

不过期的蓝天白云

太好听的话，一脱口就过期
装修得漂亮的屋子，三五年就过期
新款上市，壁柜里的衣服还没穿就过期

岁月的年轮刻下昨天的皱纹
脂粉填补岁月，拖着残存的梦……
恋爱，在打太极拳

爬山坡，淌溪涧
哥哥背小弟
农村与城市

母亲手中线，游子身上衣
妻子亲自煮的粗茶淡饭
人生路上，留下最深的脚印，是昔日乡间那些条泥泞土路

少年时代那支秃笔，写下了自己理想，烙印在老宅子墙壁上
还有童话

蓝天白云没过期

扁担像山月
山月不知心里事
我是乡下
最后一个还没进城的人

孤单者不孤独

吃煮住　三位一体

斗室

门一关，在城里，把城市关在了外面

两重天

一帘幸福

狭小空间里

踏实

真实

睁开眼睛不是白天

闭上眼睛是黑夜

灯光里，人创造的世界

看书，故事在书里，思想在书里

静想

有江河，海洋，雪山，雪山上有玉女峰……

有冰凌，水晶

阳光照着思想

灵魂放飞自由

无羁　无绊

孤单里没有孤独

情一动,心就痛

不要因为一片乌云,指着天空说天上没太阳

弱者才会诉苦,强者永远找方法

用勇气来装饰青春

只有年龄不用半点努力就能得到

哪里来暂时回不到哪里去

为了明天,为了梦

奔跑吧

火焰

火焰把孤独化不成灰烬

因为心里向往一片云

有一片云

蓝天白云

不管雾有多深沉

雪落高山

雾降低洼

心里的世界明亮着

时代

没有值得抱怨的

静静地睡一觉

天就亮了

上工地

修楼

替时代立个标杆

再写一首诗

脆弱的城市

一

危楼高千米
与珠峰比肩
一览众山小
人与李白对话
伸手摘星辰
灰尘长青苔
城里，有酒
有故事
还有月光

月光照着这座城
捧着月光迎黎明
踏着月光不叫夜晚

二

月光下
少男少女

把寡淡的矿泉水
吻成了爱情的蜜
今天
这里一片楼
灯红酒绿
大厅旮旯里
姑娘在等一个人
等丘比特的利箭

三

农贸市场里
嘈杂
讨价还价
我孤独
她也孤独

四

骑着马儿进城
牵着蜗牛出城
靠自己揪着自己稀疏的头发脱离地心的引力

岁月里每一步都是修行

哭泣的土地

昔日
每遇这片田野
阡陌纵横
明晃晃的冬水
负重的牛
黄金颗粒样的稻谷
农人
夸父追日
后来
闲置经年
野草疯长
心不自觉地痛
年轻人进了城

巴蜀大地
寒冬雾天里
难见一次太阳
农人失去了土地失去了依恋

诗人在拉萨城

向东望

推开小轩窗

吸一缕高原的阳光

也能充饥

呵呵

他们呢

一样命运的农人

大　山

儿时有梦、追梦

中年几人圆梦

把梦把希望放在田野上

交给子孙

事业，一代代人来完成

靠我，未免仓促

噼噼啪啪

最不想听到这种声音

巴掌大的山村

有寄托哀思

成功者对天的鸣告

比一比

泥土比过摩天大楼的神气

泥土，扶不起身高

我们越来越矮小了

所以，就有了楼越修越高

往后，即使子孙们不败家

种子也回报不完汗水

几个工人

比不过三五百人的机器流水线

一株秧苗
我喜欢它绿色的幼小
我乐意抚熬它成熟
阳春三月
水刺骨
我乐意移栽
惬意里没有孤寂
成熟后最美丽
留给世界金黄色的收获

重返青藏高原

那一年,我们年轻
那一段,我们不停奔跑
梦,在脚上
继续奔跑
曾经万水千山走遍
归来还是少年
三亚,不是人生尽头
天涯海角,无路可走时
又驾西海无帆船
重回青藏高原
绵羊笑　牦牛笑
蓝天白云也笑

命

生命在刀尖上舞蹈
舞动着生活的色彩
生命在枪膛里跳跃
跳动着生活的炫耀
一个人,生一次、死一次
生活,丰富多彩
生活,苦不堪言
谁都没从死里活过来过,告诉
死的感受

少年时代像鱼,生活在大海里
青年时代像鸟,生活在蓝天里
年过半百,生命的岁月在皱褶上

有时,大海有潮汐
触暗礁
生命脆弱
蓝天里世界广阔
飞来飞去自由
鸟瞰大地

万丈深渊

城，惊叹人类伟大的创造力
悬崖，叹喟人类无尽的苦难

生命在脚上
在通往珠峰之巅那段漫长的雪山上
生命不蔑视弱者
生死，一段人生路

沉重的故乡路

别人的城市作了故乡
家乡成了陌生的地方
二十年
在别人的城市里
修楼
站在城市的层楼上
回望故乡
心中充满故乡的力量

白杨树挂新绿的季节里
我们活得年轻
欢笑
在这个充塞的世界里
汗水也飘十里香

夏季的雨水
润湿着干渴的青藏高原
也浸湿着我们的肌体
城显生气
我们匆忙

每年深秋

卷叶焦黄

凄厉的风

秃枝

夹杂些垂暮

这时节

该走了

想起加缪

不要走在我的前面

把我带不去该回的地方

不要跟在我的身后

把你带不去你要去的地方

上同一趟列车

下不同的站

出不同的出口

故乡黏稠的泥泞路陌生了

土地，找不到我们曾经挖过的痕迹

都进城了

树叶上

几滴露珠给了我吻

无声的世界

静静地
大山在大山里生长
没有布谷鸟的呻吟
当雄草原上的草
永远生长在念青唐古拉脚下
像牛毛、绵绵雨
仰望大山
仰望珠峰
疲惫了乌云的眼

大山一万年
再向天借
十万年
草一年一枯
努力繁殖
一样天空
都是大地儿子
世界不模糊

乌云冲动来了暴雨

闪电是眼里射出的光

把大山躯体划过道道伤痕

——泄洪沟

雷破世界寂静

露珠

草伤心的泪

阳光总在风雨后

心有多强

太阳就有多灿烂

小草的种子被风吹着奔跑

雨，湿了记忆

路过黄昏

乡村的田园风光
美
挡不住时代奔跑的脚步
农人甩开土地
进城
找一根城市的拐杖

我贴着心
在城市的肚皮上行走
过座座城

这么多年
疲惫了眼睛
跑了青春
城市，包容了现代文明
城市安顿不下灵魂

太阳专为你
黄昏只留给我
半边天空

黄昏带进夜晚

在这里踏实

月亮在城里被楼挡

感谢黄昏

她走了

让我认识了这样的世界

黎明前有一小段黑暗

但很短暂

天就亮了

龙游四海归一府

人们从穴处来终归要到穴处去

贫与富

都是走完一段人生路

命运在手里

路在脚下

我们最需要的是一盏探照灯

西去路上

长安，古丝绸路上起点

坚实的脚步翻过几道干旱的梁

到达丝绸之路第一驿站

兰州

兰州，大西北第一道塞防

今天，生命的轨道偏离了正西

因为我们还年轻

甘肃敦煌莫高窟不是生命西去的归宿

日子，在兰州分个岔

去向西南

青海湖的水可以洗亮我们模糊的眼睛

春天，老早就来了

在巴蜀，我们感觉不明显

还误认为在冬天

春天，可以解开我们封冻的心

青海湖以西

别样的天空　　别样的感觉

青藏高原的轮廓初显

天空渐渐蓝了

山上有雪

那是我们通向心灵的向往

春天颂

我们的双手握不住命运
我们把新生活放在脚心上
我们在别人的城市里暂住
东西南北
几个城市
暂住三十四年
倦了　累了
我们始终没有找到城市的拐杖
掰一根高原白杨青枝
伴我们度余生

春天，万物复苏
我们又该出远门了

春天
我们把昨年的不该
带到了今年
我们迎来了喜悦
小孩长一岁
我们失落一年

现在
青藏高原依然明亮
拥有群山
一冬不见亲亲的
新新的
我们要在她春天的身体上
收获樱桃

春天
一年之计在于春
告别了昨年
人们挖掘纳垢的狂欢
等待
等待白杨含苞新蕾

漆　匠

把生活过细

把时间打磨

把天空照明亮

放一个好心情

从家具店搬来一把椅子

再搬来一张床

把老人安置

把小的逗玩

手艺人啊

吃了些灰

两年的顽病

让蓝天白云过滤

雪水洗净

肺干净了

心也敞亮了

致蓝天白云

你气我自大
我没有半点说你什么的想法
没有回声
我在心里回忆那段时光
过去了的时光
无法留住的时光
想想是多么美好
你长得比我高，也许跟我一般高
你站得高，你在大城市里，我在农村里
你条件好有固定收入，可以随便乘哪种交通工具
陆地上的、水里的、空中的
我只能搭乘末班车
那起点的、沿途的、终点的风景在你面前一晃而过
你不想拾掇它们的美丽
我只有在心里艳羡你
我在谷底
谷底也有鸟儿，天空……
我只是想用我热爱的那种方式告诉你
别生气
我是农民，我是农民工

并不是不一样的农民
我只是想不让我的笔尖没有了墨汁
经常把笔拿出来用用
笔尖不生锈
思想也跟着不生锈
不要嘲笑我
一个人有一个人的活法
一个人有一个人的爱好
假如上帝眷顾我，让你读到我
那时，你会说这人真有趣

儿童的世界

三岁以前美丑混沌
三岁以后我就有爱美的心了
我眼睁睁地看天空
也看地上的人们
这个世界
我想不明白
我学大人一样抽烟
为了解闷
也给陌生人一支
我要睡觉
一天起码十小时
我睡了

雾里的夜晚
看不见星星

破碎的群山

梦
燃掉了心里的大山
没有了大山
树难于参天

没有群山
拿什么挡风
挡寒流
任沙尘暴肆虐

去东北平原种几座深山
大兴安岭
长白山
离关东人太遥远

去华北平原
栽几座大山
燕山山脉留住挡匈奴

我走在大山里

夜晚迷路

紧握指南针

独行的样子

山这边有太阳

山那边是月亮

山里有一种草本植物

黄连

良药

喝一海碗

败败我们浮躁的心火

雪,咏叹调

不干净的水凝不成雪

在地面
我喝了不干净的水
黑了心
干尽不光彩事
悬壶济世说
岭南的雪能医治心灵

我走进大瑶山隧道
曾是中国最长的铁路隧道
漆黑的路
走完
能喝大瑶山上的雪
岭南没下过雪
司机问
去哪儿
下一站
深圳年轻
我也年轻

山上

铁丝网锁住了人

坟冢的门敞开

苦闷的我

在坟冢里借太阳的斜光

读苦闷的《百年孤独》

书的末尾

看到了希望

看到了雪

阿公说

西方有雪

玉龙雪山顶上的雾幔

是迷宫

"人生就像迷宫

用上半生寻找入口

用下半生找寻出口"

虎跳峡的落差

是跌宕起伏的人生

西藏大山里有雪

终年积雪

不走了

春天来了

雪坡上的雪猪儿拱醒了我的梦

蚂　蚁

我没有珠峰大，不敢与它比身材
我没有珠峰高，我在山脚下
它仰望蓝天，不敢比远见
然而，我至始终把底层这块土地
——珠峰山脚
当成我的后花园
没有这片根基珠峰会倒

阴云密布，卷开了晶亮的白云
不是我现在的心情
风吹
雨淋
霜打
让我通体伤疤
我新添的伤口长不出雄鹰的羽毛
不敢昂头
像个童孩走跳跳路
快乐着
快乐地向大山爬
迎接幽深的黎明

雪落在山上
寒心
舍不得抖掉
大自然的精灵——人说
雪美

生命里的绿松石

在玻璃天空下
铁用于大量制造　锻造　铸造
代表着工业
以及后工业
城市是黑色磁铁
把我从田、地间吸进了城
始终吸不掉老茧
——耄耋之年
把水牛黄牛归了西
留几道丰盛佳肴

我干涩的眼里流不出眼泪
眼泪打不湿心灵
心的颜色不是红的
快接近煤炭

我的小孙子小孙女
像绵羊像小鸟
我多想把他们带到海边去
看大海

带到西藏去
看蓝天白云　看多彩的祥云
你知西藏的天有多蓝

一叶小舟
载着生命之轻
背负着担子之沉
在西海里航行
朝着同一个方向
向着同一个目标
——珠峰
珠峰底座有颗闪亮的绿松石
发出诱人的蓝光

紫外线强烈的太阳啊
照着我弯曲的背影
我的身子
像焦灼的文字在燃烧
我的小船如时代的平衡木
在西海里摇曳

一首诗落水里击不起浪花
沉重的心
犹如珠峰山体上掉落在西海里的一砣石头
打破不了眼前的平静
嘲笑吧
世界有时给人之轻，留给我们只能仰望大山

无数艘远航的无帆船

涛声　桨声

没有灯影

奏响的不是生命的二重奏

多声部合唱

珠峰——世人眼里聚焦的光芒

蓝幽幽的绿松石啊

我走了

不情愿地走了

走得缓慢　依恋

初春去深秋回

感谢爱情

谢谢亲情

唱一曲对生命的敬重与悲悯

折射一段深埋的爱

多彩的黄昏

马克·吐温在《赤道环游记》里说，
每个人都是月亮，总有一个阴暗面，从来不让人看。

——题记

下西山的太阳在燃烧
我心里想说的话在燃烧
下西山的太阳被西面的群山遮挡
情歌也悲凉

黄昏热烈
东面天际出现彩色的云五朵金花穿花裙
有富贵的、有华丽的、有婉约的、有热情奔放的
不适时节，不适时节迎接幽深的黑夜
也许看破红尘
丘比特在伤心

西方的雪山崩了
雪崩之前每一片雪花都觉得自己很无辜
慌不择路升到东方天际

云想衣裳，花想容

每个人的心里都有一座漂亮的后花园

在所有人事已非的景色里

我最不喜欢彩色的云

理由

绽放在黄昏时节

黎明是一天里的希望`

个把小时黑了

我一个人捅不破天空

点不亮漆黑夜

我三岁孙女说

怕　怕　怕

太沉寂的夜不利于小孩成长

也伤孤独者心灵

我只能用诗歌打开户外防盗门

这座城市的门都开了

院子里屋顶面上

人们看落雪

那一夜是五月二十八日

雪里落下五颗陨石雨

我不懂谶语

明天有没有好收获

明年会是丰年吗

按老话

瑞雪兆丰年

祥云走顺路

温柔的陷阱

曾经多年冬天
我差点被雾活埋
被霾窒息
挨过冬天
等春风
初春到远方去

过去的过去是长江源
发源各拉丹冬峰
流进我们的生命里
黄历一页页地翻
认不得母亲河了
父亲流过多少泪

远方的远方有泉眼
在巴颜喀拉山
小草青青　泉水清澈

猎物支撑猎人天空
小草泉水支撑高原的蓝天

白云像绽开的莲

婴儿眼睛清澈海蓝,像黄河源

流过生命岁月河模糊浑浊

黄河青里来浊里老

泥沙俱下

晋峡回归

"几"字在吼

花园口的痛

黄河,犹如一个生命狂想的人

东面上山

西面下山

走来走去

又到了原路

海蓝的天无力颠覆

心情驱散不了乌云

自己对自己好

泉眼,华夏生命的本源

都从泉眼里来

温柔的陷阱,经过岁月的挪移

——市井

水井,走过了的生命

一段饥馑的记忆

水井甘泉

废弃了的清纯

消失在市井

没有人说话
差点把语言忘记
语言文字，只有人才有的骄傲
即如人在天堂脱离了人群
天堂就孤单
天堂也就成了地狱

黄金太阳

这些年我在乡下摘不到稻子
在城里抓不到银子

我在青藏高原
抓一把阳光
这里的太阳金灿灿
像黄金
填补虚荣
找回我在现代社会里
心里不平衡里的失落
过把充实拥有瘾
不必说成功
也算快乐

来得早不如来得巧

五月的夏天
在唐古拉山口
想穿寒衣
同一个人

在不同的地方

藏北安多
牦牛漫山放牧
黄金天空下
黑色斑点在蠕动
牦牛不受季节的变换
踏实一方土地
也依恋故乡
土生土长

乌云下坠
风卷黄沙尘
电闪雷鸣
雨里有冰雹
天暗黑下来
灰色心情
夜茫茫
西海里舵手在航行

拒绝抓一棵小草
把虚无摔得粉碎
也许就在明天
也许在后天
又见黄金天空
再现蓝蓝的天白白的云

有一句话叫
自然界变幻莫测
白天让人梦游一场
垮下来的迷宫
踯躅歧途

仅凭我的能力，凭所掌握的知识
廓不清一切，世界随我臆想
灰色世界里，把自己提升了一次
从常识层面见的自然
在理想天国里
找呐喊

凭直觉凭感观找方向
牦牛驮我回故乡
故乡的田野上
曾经水牛背上
牧笛声悠扬
勾勒出童年的记忆
——记忆里的阳光岁月

无人区

第二产业从业者
一年在西藏只住九个月
梦里依稀回四川
我在无人区的边边
眺望广袤的荒原
想收获那里的贝壳

稀缺食物能量
狼,一年年在减少
一切有生命的物种亲近
鲁滨逊的孤独
鲁滨逊的主宰
风铭记了影子
黄沙埋不了脚印
雨化了乌云
沼泽地
一个人的天堂
在这里
最大的好处就是自由
又走不出自由

夏天
白天三十度以上
晚上零下十多度

尘封的记忆里
不是梦里依稀
我的祖先曾经来过这里
五千年文明以前
那里来想回那里去

跑一趟
只摘得一朵冰山雪菊
带回老家

红　原

看到青藏高原的小草树叶
上了年岁的人
依然年轻
尘世的灰尘将小草树叶蒙灰
企盼雨还原本色
太阳同黄金样颜色
黄金卤是太阳的雨天阴天
太阳同世人比财富
干旱数月
树叶小草焦黄
希望渺茫
乌云伤心的泪化成雨
过不几天又蒙灰
人的生命似乎到尽头
上帝心酸
丢一块园子在川西坝子
——雅克草原
那里的小草像被洗过
鲜活的生命
绿色素美

许多年前有群人
翻越极地夹金山
来到了红原

若干年后的今天
我老师在成都休闲府
苦闷迷惘焦虑
做得一梦
以梦为马
来到红原，感受雅克
踩着脚下小草激动地哭
草原的夜，在燃烧
像火焰样热情的锅庄舞
他又离开
那个地方前方有山
天空在哪里看都叫天空
山的高度无法挡住天
雷雨对天只能暂时朦胧
天空下的路很远很远
走时肚子里装饱了快乐
走过洲河　走过汛期
走到不同的地方
找到的只是不同的生存方式

七夕偶感

海明威很伟大，没有破常人思维
给了我们勇气
给了我们一半
老人在水里与鲨鱼斗
不是你打败我，就是我打败你
在陆地上
还有孩子与虎斗

我在现实生活里忙碌奔波
蜀地的冬天阴冷潮湿
我落了内风湿
手脚麻木
身子麻木
我绞尽脑汁
颠覆不了雾幔
古时先贤说
有失必有得
在雾幔下的密室里
关闭门窗杜撰
神交了高老虎

虎虎生威

看到了精神

我双眼微眯着蓝天

思想随白云

厘清过去现在将来

没有语言

没有记录文字

雨水洗着我的灵魂

雨后的天空架彩虹

像鹊桥

哦,今天是七夕

牛郎织女七七相会的日子

我思念远方

想远方的亲人、友人、同学……

在高原二十年

银河无暗渡

下山

狮泉河有信号

友人高老虎又发来两头虎

两虎醉卧,虎头像猫头

我不解其寓意

我们本来不是病猫

狮泉河人在喝老白干

庆祝七夕

独我没喝

世人皆醉

我独醒

醒眼看自然

醒眼看世界

牦牛骨头梳子

我深夜睡不着,想往事
忘不了形,忘不了情
把往日的苦难、饥饿
昨日的艰难、艰辛
捆在十字架上
用时代的摄像头掠过意识
但丁只有一个,破了中世纪的黑暗
迎来了黎明的开端
我想走到哪里,天都是蓝蓝的
蓝天里有幻想

铁,PVC 代表着工业时代

乡下,青草喂不了牛
饲料催熟了牛的生命
骨头脆脆的
做梳子梳秃了我的顶
荒芜的沙丘,人海里的思想者

把草驮到牛背上

一株，两株……几大捆
压倒了牛

现在的辉煌移不开童年的心结
寄宿的小青瓦
篾壁头的温暖
万字格窗子的每一格是一颗星
川斗架子上的卯榫
梁上的紫微高照
神壁上的天地君亲师位
一川中柱废了制成木梳
梳不开心结

去安多收获一把牦牛骨头梳子
下滑
梳前额
干涸的河渠
道道田垄
刺着记忆里的痛

眼睛像死海，死海不死
先有梳子，后有篦子

草　绳

我错过了藏北一年一度的赛马车
赶上了普松拔河赛
在风里
两队，五十六个人
每个队员使出了吃奶的力
一直保护平衡
六十根干草拧成的绳
你帮哪方哪方赢
我帮哪方草绳断

这里海拔高，山高
上不了山巅
我把脚步移开
各家各户
用一条草绳
晾干了手工编织的羊毛毯
我把脚步停留

无名错

我到过西藏许多地方
钟情于那里蓝色的眼睛
——羊卓雍措像玉带

我走过西北广袤的无人区
走过盐海
品尝咸
荒漠的苦
头上太阳晒，脚下水汽蒸
能不变黑吗
黑是黑带宝色
几近绝望里让我看到了希望
——像盆样小小的湖
风沙突起，模糊了我的湖
我的眼睛
把九眼天珠丢湖里
没有碧蓝我的湖
太阳出来了，湖还是先前的湖

在荒漠里，我走失了一个眼睛

一个眼睛痛,另一个眼睛连着痛

走过旷野,走过太阳,走过风
没有雨水,是因为我在这片土地上没有眼泪
希望走出一条青春的小溪来
心之惑
月亮送我上西天
找回生命里的绿洲

心之惑

我爱太阳
更爱雨水
爱青藏高原太阳里高拔的大山
——唐古拉各拉丹冬峰上的雪
独一份精神的守望
守望一片天空

我时常看见藤蔓缠树
那些日子里
鄙夷那些目光

在雨里
雨水在山的躯体上跌落
冲成排洪沟
我心不失落
来势汹汹把世界搅得浑浊
冲破山的堤坝
流向远方
让眼睛向往无边的深邃

流过马六甲，仰望好望角的灯塔

过苏伊士运河

穿越直布罗陀

再过巴拿马运河

连四大洋，到五大洲

心灵的风景

小时候，我家住那个地方
不像莫泊桑笔下的哈佛尔
我也有两个姐姐，一个叔叔
那里有不大不小不高不矮的山
有梯田，有水牛……
我爱骑在水牛背上吹笛子
怕黑
长大后
汗水想黑夜
想微风
白天，脚步攥汗水
我要在工业化的时间里
采撷一朵红梅
傲风雪
也象征爱情
这里的土地好像永远被大浪淘过
处处见沙砾
翻越那座山还有那座山
找到了心灵的风景
——羊卓雍措

湖水永远都那么清澈
那么透明
晚上，天空挂着一轮月
圆圆的
我在月光里微笑
静静地思绪

我沿湖岸走啊走
曾经的小溪太寒冷
别人走完湖
看到的依然是
没完没了的沙砾滩
我看到了树林
林子里起雾
把我带进梦乡
梦醒后
是初醒红日的早晨

山的诉说

去泰山顶上看日出。祭祀
报天，报地
我们从哪里来

你在山巅
无法与你比肩
差你一步

我走了
你没有来
没有指方向
必须去一个地方

一路上，不说过程
上了昆仑

不停地走
又上一山，八千八百四十四米
山顶
跌落一次

又上去
云层里的人在看,在笑
平地上的人在哭,在看
不是你的高山
我只拿给你管

诗人,词人
苏东坡是泰山
李白是昆仑
就看怎么看

珠峰,陆地上的高度
时间,现实视角
云层,宇宙世界
空间,应用物理的汗水
斗室里的量子力学解构
小山,没有也有
大山,有也空
勤于思索的人
眼神像哲人
来路,去路

埋葬的记忆

太阳毒，湿毒？
牛皮癣？
顽疾，四十年
人，在辉煌里看不到幻光
求遍各大医院皮肤科
采集植物标本，花粉

没有人气我流眼泪
没有失恋，没有伤心流眼泪
陌生的熟悉人
作家诗人开一张透视底片
不知交给谁

双脚乘快马
撵江湖郎中悬壶济世来西安
西安古代叫长安，现在文人叫废都
迷宫城市
记忆里苦苦搜寻
寻找
秦孝公的招贤馆在哪儿？

咸阳的断壁残垣

瓦砾

《过秦论》

及至始皇，奋六世之余烈，振长策而御宇内

我过宝鸡，到天水

暂住客栈

梦魇里　仿佛

田常对秦孝公说

君以国士待，我当以国士报之

长剑倒转，洞穿腹中一幕

我一身冷汗

在梦里

扁鹊对商鞅说

天下大道，敬贤为先，岂在年齿之间

某医人圣手，商君医国圣手

梦回大唐

回商朝

周公旦解梦

点路

可可西里狼胆医治顽疾

一路西去

青海湖水微波粼粼

柴塔木深处茫茫戈壁

留不下一席而坐

德令哈想姐姐

一路风尘，一路汗

五千年黄沙，五千年风

双手空空，握不住青藏高原炽热太阳

日光把顽疾熨烫

可可西里

黑风口　野狼谷

饿狼被汗水吓退

一夜凄厉一夜风

原来，与我尘封二十年羊皮信封里的小说

虚构地名相吻合

我走了

回到乡下

当年的赤脚医生

一把青蒿草

几粒维生素E

中西医结合

灭顽疾

在乡下

住在老宅子里

檐下小柏树为伴

不要拿稻田里的薄冰

碰我的疮疤

刺我的记忆
刺我的心

覆 盖

稻子覆盖田野，湮没了汗水
小麦覆盖土地，消失了弯曲背影
不锈钢覆盖城市，聚焦氩弧焊火焰
冰覆盖河流，听不见孩子笑语
夜幕覆盖大地，等待醒来早晨
唐古拉山口的雪覆盖青藏铁轨，阻挡列车前进
风雪里，可怜护路工人耳朵

一年四季，各拉丹冬峰上的雪
永远那么美丽
吸拉向往脚步
高尚人愿把心儿摘下
伏天太阳里，雪总感到阴冷
我卧在雪山上，心将雪融化
雪水流进沱沱河

太阳照着雪，照着我
雪山在微笑
蓝天像海
天空掠过飞机

送来姐姐

不要把我们接走

弹簧岁月

从前,出门挣钱
不叫打工
那时,乡下人叫"跑世外"
打工,三十年来产生的新词
泥瓦匠在"打工"一词解释里
父辈们出远门做手艺

感恩时代
砖刀、抹子建造文明

女人装的是孩子
男人装着海洋、天空
每每看到:
孩子们、孙子们在视频里长高、长大
滋味
尽在不言中
岁月烙下深深印迹
一年一年,老了

岁月风霜

几十年过往

烙印在锈迹斑的弹簧上

青春，血与火

磕碰的伤痕

倾注在破旧的沙发上

裸露的弹簧

锈，蚀去的岁月

唯有孙子、孙女

小精灵爱我们的伤疤

爱同我们说话

爱我们的打工故事

爱我们的甜食

蹉跎岁月享天伦

岁月如霜

我们如弹簧

行无定居　住无定所

五湖四海

一年一年，跑不动了

田地也荒芜了

老牛没了，犁耙锈了

我悲悯

所有在世间努力活着的人们

孤独才是人的归宿

孤独厘清世界

看透

思想在孤独里产生

棉　花

初冬下午
我在曲水拉萨河岸
看金黄的白杨落叶
高原一年最美的时节
让日光静静地沐浴
多美的暖冬

去对面山上
看
天空的玻璃体在洗白云
一朵朵特级棉花
往后
没有杨白劳的寒冷了

好花一朵朵
你们的最爱就是我

向东遥望
八千里外的省
漠河的雪

覆盖树叶
一叶一世界

大哥
在那边冷吗
一笑一尘埃

妹妹
在东莞
车间日光灯下
常年看不到太阳

现在下午
琼州海峡正海潮
侄儿在琼海市
也不暖和
想内陆

叔叔在安哥拉
穿的涤纶衬衣不隔汗
罗安达工地上
打来了电话

我想在极地世界
给他们快递一朵棉花

铸　剑

在孤独的茶杯里

我看见茶几下有两条雪豹在奔跑

那是阿里大山里的雪豹

极地，海拔六千多米

风雪夜

我不是社恐少女

坐在客厅里陷入沉思

小孩在吃巧克力　　蹦跳

人们似乎看到了我脸上的数据和算法

我起身离开

不是在辉煌里看到了强弱

我又看到了两条狮子

一公一母

阿里有狮子

动身去阿里

内地人在数九寒天都不敢去

大雪封山

我用手刨开

带上小孩

不畏风雪　不畏高寒

你们说我是神经病

准确说是神经质

去风雪里铸剑

苍老的天苍老的云

我得了一种病
纠结于时代
要治这种病需要天山上的雪
一路跋涉
终于上了新疆天山
没有看见七位剑客
踩着了雪　我不敢捧
天上的天蓝蓝的
苍老地看着我
天有情

天上白云翻滚
苍老地看着我
云有情

我不知何去何从
一切东西变得有生命

杂　吟

太阳背西山过河
背不开跋涉的脚步
和童年共同记忆
月亮被时代拉成了秒针
大山里的土月亮，只把一株植物照亮
我从极地回了老家

又到了一年冬天
整日整夜起雾
玻璃流眼泪
一位孤独的人
在灯下静静地坐着
守望长明的节能灯
三个月
静静思索

鱼在空中游
饱了青春渴望的眼睛
闪电雷声送来了清醒
送来了雨水

水至清则无鱼

马背上生,马背上长

土里生,土里长

热土上生,冰里长

妖风吹着湖微笑

醉了人的眼睛

一只鹰飞过暮年的黎明

时间能洗掉许多东西

也能留住许多东西

阳春白雪有天空海洋

下里巴人也有天空海洋

我把捕捉到的心情

在雾霾里传递给亲人　世人

至此,世界明亮了

后记：我为什么要作诗集《极地世界》

我属龙，生于1964年农历正月十八日，缺水，干龙。我是抹灰工，搅拌砂浆需要水。我赶上了西部大开发的快班车，去了青藏高原。

这里的水清澈透底，冰川像镜宫透明如玉，人类的心灵。天空浮动的白云晶亮晶亮，像特级棉花，我们共同的温暖。喜马拉雅山脉厚重博大，珠穆朗玛峰上面还有世界，安放着我们人类的灵魂……

我头上得了一种皮肤病——牛皮癣，三十多年了，顽疾。每当一天的工作忙完了，晚上抓得右手五指血糊糊的。我要在我有生之年为人类的心灵和灵魂做点事，找到了表述方式诗歌。

东汉末年曹植作《朔风诗》，诗人壮志难酬，身如飘蓬，按抑不住心头的悲怆，抒愤之作，曹植是个感情复杂的人。我是个简单单纯的人。取笔名朔风，感怀北方凛冽的风，塞北的风能把人吹得坚强、勇敢。每读唐朝诗人高适、岑参、王昌龄的边塞诗时，除了感叹诗里的奋发进取、蓬勃向上的时代精神，也领略了塞北的风雪。

每个怀揣着梦想的人都想去西藏走走，西藏称第三极。到了夏季，人们看天上蓝天白云，冰川圣湖透明见底，牛羊自由地放牧，犹如人间天堂，这就是诗人所希望的终极——人类应有的归宿。所以诗集取名《极地世界》。

青藏高原的风、雪，干涸的沙砾滩……无时不考验着人的意志，这些都是诗歌所要表现的，由于受知识的局限，我把诗歌写成了下里巴人。

西藏的人们热情，这方土地孕育着诗歌。我们生活在阳光里，我的诗又力透着阳光里的阴影。我写现实，批判现实，我又渴望超越现实。我有着敏感的内心。面对世俗，我又显得疲惫无助、羸弱。爱情的火焰被现实熄灭了，我想在喜马拉雅山脉采一束圣火点燃……

零零碎碎地写了，作后记。

朔　风
2019 年 11 月 28 日于拉萨